Jochen Till

ROTZSCHLEIMTORTE FÜR ALLE!

Mit Bildern von Zapf

Ravensburger Buchverlag

Bibliografische Information der Deutschen Nationalbibliothek:

Die Deutsche Nationalbibliothek verzeichnet diese Publikation
in der Deutschen Nationalbibliografie.
Detaillierte bibliografische Daten sind im Internet
über http://dnb.d-nb.de abrufbar.

2 3 4   D C B A

© 2015 Ravensburger Buchverlag Otto Maier GmbH
Postfach 18 60, 88188 Ravensburg
Umschlagbild: Zapf
Printed in Germany
ISBN 978-3-473-36439-8

www.ravensburger.de

Inhalt

Das bin ich, Freddie	10
Lauter komische Sachen	20
Froschaugenkuchen in der Pause	30
Zwei plus zwei = Rüdiger?	38
Eine Woche später …	46
Käseseife und Pferdeapfelshampoo	56
Karottenhammer	66
Ungeheuer-ärgere-dich-nicht	76
Ein super Plan	84

Das bin ich, Freddie

Hallo! Ich bin Freddie.
Ja, ich weiß: Ich sehe **komisch** aus.

Ich bin aus der Art geschlagen. Das sagt mein Papa manchmal. Alle anderen in meiner Familie sehen normal aus.

Meine Eltern, zum Beispiel. Oder mein Bruder Floyd. Oder meine Schwester Herbert. Selbst unsere **Pudelkatze** Pinkel. Sie alle sehen aus wie ganz normale Ungeheuer.

Nur ich nicht. Ich sehe aus wie ein Mensch. Das ist ganz schön blöd. Aber es hat auch Vorteile.

Wir wohnen nämlich seit Kurzem in einer Menschenstadt. Wir mussten umziehen, weil unser altes Haus leider **explodiert** ist.

Floyd hat Gummibärchen gegessen.
Ungeheuer vertragen keine
Gummibärchen. Davon müssen
wir schrecklich viel **pupsen.**

Im Schlaf.
Aus der Nase.
Hochexplosives
Dynamitgas!

Und morgens ist es dann passiert, als Herbert ihren **Schweißbrenner** angeschaltet hat. Damit glättet sie immer ihre Brauen, weil sich sonst ständig dicke **Melonenkäfer** darin verfangen.

Das kann Herbert gar nicht leiden. Obwohl Melonenkäfer sehr lecker sind, besonders die dicken. Die explodieren im Mund, wenn man **draufbeißt**. So wie unser Haus.

Deswegen wohnen wir jetzt bei den Menschen. Das dürfen die Menschen aber nicht wissen, sagt mein Papa. Menschen mögen nämlich keine **Ungeheuer.**

Wir machen ihnen **Angst.** Warum das so ist, weiß ich nicht. Vor Ungeheuern muss man eigentlich keine Angst haben.

Außer vor Opa Oger vielleicht. Der ist nämlich taub und auf allen **sieben** Augen blind. Und darum tritt er immer auf meine Spielsachen. Oder auf mich. Das macht mir Angst. Weil seine Füße so fürchterlich stinken.

Aber sonst ist Opa Oger ganz lieb. Wie die meisten **Ungeheuer.** Vor uns muss man echt keine Angst haben. Noch nicht einmal nachts. Da schlafen wir nämlich tief und fest. Schlafen ist toll. Außer wenn man geweckt wird. So wie ich heute Morgen …

Lauter komische Sachen

Heute war mein erster Schultag in der **Menschenschule.** Warum ich da hinmuss, weiß ich eigentlich nicht.

Ich kann doch schon alles. Ich kann Purzelbäume. Zehn Stück nacheinander. Sogar bergauf. Ich kann auf die höchsten Bäume klettern. Sogar rückwärts. Ich kann sehr laut pfeifen. Aus beiden Ohren und aus der Nase – gleichzeitig. Und ich kann eine ganze **Rotzschleimtorte** auf einmal essen.

Und danach so kräftig **rülpsen,** dass Opa Oger denkt, es wäre ein Erdbeben.

Das alles können wir Ungeheuerkinder und noch viel mehr.

Nur lesen, schreiben und rechnen können wir nicht. Das muss man aber in einer **Menschenstadt** können.

Sonst wird man von einem Bus
überfahren, sagt mein Papa immer.
Und das soll sehr wehtun.

Bis heute Morgen wusste ich nicht mal,
was ein Bus ist. Dann bin ich mit einem
zur Schule gefahren.

Ein Bus sieht aus wie Onkel Bruno. Nur ohne Haare und mit Rädern. Und mit ganz vielen Kindern drin.

Die sind aber irgendwie **komisch,** diese Menschenkinder.

Sie haben sich alle
in den Bus gezwängt,
obwohl auf dem **Dach**
noch ganz viel Platz war.
In der Schule ging es dann
mit den komischen Sachen weiter.

Unsere Lehrerin heißt **Frau Böse,** dabei ist sie sehr lieb. In der ersten Stunde durften wir Bilder malen. Mit Buntstiften. Die mag ich sehr gerne. Vor allem die blauen.
Die **schmecken** am allerbesten.

Die Menschen haben ihre Stifte aber gar nicht probiert. Nur einer hat ein bisschen an seinem gelben Stift **gelutscht.** Das war der Lars, den mochte ich gleich. Abgebissen hat er aber nicht. Vielleicht hatte er einfach keinen Hunger.

Dann habe ich ein Bild von Papa gemalt. Frau Böse hat gesagt, er sieht aus wie ein roter Weihnachtsbaum. Aber sie hat das Bild **verkehrt** herum gehalten.

Froschaugenkuchen in der Pause

Danach war Pause. Da gab es dann auch lauter komische Sachen. Das **Essen,** zum Beispiel. Meine Mama hat extra einen Froschaugenkuchen gebacken.

Aber keins von den Kindern wollte ein Stück haben. Stattdessen wollten sie lieber Brot essen. Oder Äpfel. **Igittigitt!** Wie kann man nur einen Apfel essen? Der schmeckt doch nach Obst.

Wenn wir Ungeheuer etwas überhaupt nicht mögen, dann ist das Obst. Davon kriegen wir nämlich sieben Tage lang **Schluckauf.**

Mit dem Trinken haben die Menschen auch so ihre **Probleme.** Manche benutzen zwar einen Strohhalm wie wir Ungeheuer. Aber sie stecken ihn in den Mund, nicht in die Nase.

Dabei ist das doch viel einfacher. Lars hat es ausprobiert. Aber er muss noch üben.

Er hat sich verschluckt und die ganze Milch ist wieder aus seiner Nase **gespritzt.**

Da mussten wir beide ganz **laut** lachen, das war richtig lustig.

Dann haben ein paar Jungs auf dem Schulhof Fangen gespielt, aber die konnten das gar **nicht** richtig.

Wenn einer den anderen gefangen hat, hat er ihn nicht auf den nächsten Baum **geworfen** und dreiundfünfzigmal in die Hände geklatscht. Das gilt überhaupt nicht!

Zwei plus zwei = Rüdiger?

Nach der Pause hat Frau Böse gefragt, was zwei plus zwei ist. „Rüdiger!", habe ich ganz laut gerufen, weil das stimmt.

Rüdiger ist mein Cousin. Er hat **zwei** Köpfe vorne und zwei Köpfe hinten.

Aber das war wohl nicht die richtige Antwort. Eins weiß ich jetzt schon: Rechnen ist langweilig!

Schreiben macht aber **Spaß.** Da bin ich richtig gut. Frau Böse hat ein A an die Tafel geschrieben. Das konnte ich auch sofort, ganz oft sogar.

Aber da wusste ich noch nicht, dass Menschen mit Stiften schreiben, auf Papier. Mama hat mir die **Spraydose** also ganz umsonst gekauft.

Dann war die Schule aus. Wir dürfen aber morgen wiederkommen. Darauf **freue** ich mich jetzt schon.

Diese Menschen sind zwar sehr seltsam, aber auch sehr lustig. Vor allem Lars. Morgen haben wir Sport.
Im **Zähneknirschen** bin ich unschlagbar. Aber jetzt muss ich erst mal schlafen.

Das ist das einzig **Blöde** an der Schule:
Man muss so früh aufstehen. Das macht
überhaupt keinen Spaß. Findet Lars auch.
Wir fragen Frau Böse gleich morgen,
ob wir nicht **später** anfangen können.
Da freut sie sich bestimmt. Sie sah nämlich
sehr müde aus heute.

Gute Nacht!

Eine Woche später ...

Nach einer Woche in der Menschenschule weiß ich eins ganz sicher: Lars mag ich am liebsten von allen Menschen. Mit Lars kann man ganz viel Quatsch machen. So wie gestern, zum Beispiel.

Da haben wir nach Ungeheuerregeln Fußball gespielt. Mit sieben Bällen und einem **Feuerlöscher.** Aber das fand Frau Böse überhaupt nicht gut.

Dabei stand sie ganz klar im Abseits. Und das mit dem Feuerlöscher habe ich vorher genau erklärt. Lars hat also nichts falsch gemacht. Aber sein Papa musste für Frau Böse hinterher ein **neues Kleid** kaufen. Und eine **neue Frisur.**

Wir sind jetzt allerbeste Freunde, Lars und ich. Gestern habe ich sogar bei ihm **übernachtet.** Obwohl ich das zuerst gar nicht durfte.

„Nein, du gehst da nicht hin", hat mein Papa gesagt. „Dann sehen die Menschen vielleicht deine Füße. Und wir müssen wieder umziehen."

Meine Füße. Sie sind das Einzige, was bei mir nach Ungeheuer aussieht. Deswegen darf ich **nie meine Schuhe ausziehen,** wenn Menschen dabei sind.

„Ach, bitte, bitte, Papa!", habe ich **gebettelt.** „Ich habe mich schon so darauf gefreut!"

„Nein", hat mein Papa gesagt. „Das ist viel zu **gefährlich.** Du bleibst hier."
„Jetzt lass den Jungen doch, Horst", hat meine Mama geantwortet. „Er ist jeden Tag mit Menschen zusammen. Er passt schon auf. Nicht wahr, Freddie?"

„Ja", habe ich gesagt. „Ich ziehe meine Schuhe ganz bestimmt nicht aus. Und ich gehe auch nicht mehr ins **falsche Zimmer,** wenn ich mal muss."
Das ist mir in der Schule letzte Woche passiert.

Da wusste ich noch nicht, wie eine Menschentoilette aussieht. Und das Wort **SEKRETARIAT** konnte ich auch noch nicht lesen. Aber das passiert mir bestimmt nicht noch mal. Heute weiß ich genau, dass in einen Papierkorb nur Papier gehört.

„Na gut", hat mein Papa dann gemeint. „Aber sei bloß **vorsichtig!** Wenn die Menschen uns entdecken, überfahren sie uns mit einem Bus!"

Käseseife und Pferdeapfelshampoo

Es hat eine Weile gedauert, bis ich das Haus von Lars gefunden habe. Die Häuser in seiner Straße sehen alle gleich aus. Und sic sind sehr klein. Wenn Opa Oger vor so einem Haus stehen würde, könnte er die Regenrinne **mit der Zunge** sauber machen.

An einem der Häuser stand **Löffel** auf dem Klingelschild. Das ist der Nachname von Lars. Die meisten Menschen haben sehr komische Nachnamen.

Unser Direktor in der Schule heißt **Herr Wurst.** Als er zum ersten Mal eine Durchsage gemacht hat, musste ich zwei Stunden lang lachen. Wer heißt denn schon wie etwas, womit man sich die Ohren sauber macht?

Als ich bei Lars geklingelt habe, hat sein Vater die Tür aufgemacht. Ich habe ihn gleich erkannt. Er sieht aus wie Lars. Nur größer. Und **runder.**

„Hallo", hat er gesagt. „Du musst Freddie sein. Komm rein. Aber zieh bitte vorher die **Schuhe aus.**"

Auweia!, habe ich da gedacht. Das geht ja gut los. Aber dann ist mir zum Glück gleich etwas eingefallen.

„Lieber nicht", habe ich gesagt.

„Meine Füße stinken ganz schlimm.
Ich habe sie seit drei Wochen
nicht gewaschen."
Das war natürlich geflunkert.

Ich hatte sie vor zwei Wochen
erst gewaschen. Mit Käseseife und
Pferdeapfelshampoo.
Wie sich das gehört. Aber das wusste
Herr Löffel ja nicht.
„Äh … ja", hat er gesagt und **komisch geguckt.** „Dann lieber nicht."

Drinnen habe ich dann Frau Löffel kennengelernt. Sie hat eine ähnliche Frisur wie unsere **Pudelkatze Pinkel.** Nur nicht so schön.

Lars war auch da. Ich habe ihm zur Begrüßung mit der Faust auf den Kopf gehauen. Und er mir auch. Das machen wir immer so. Das bedeutet, dass wir ganz **dicke Freunde** sind.

„Wir essen in einer halben Stunde", hat Frau Löffel gesagt. „Lars kann dir ja solange schon mal sein Zimmer zeigen."

Karottenhammer

Das Zimmer von Lars ist toll. Er hat darin ganz viel Platz und besitzt einen eigenen Schreibtisch! Und einen Fernseher!! Und einen **Computer!!!**

Wir haben auch einen Computer. Aber nicht immer. Opa Oger verwechselt ihn manchmal mit einem **Bonbon.** Dann müssen wir immer warten, bis er den Computer wieder ausspuckt.

Lars hat mir seine Aufkleber gezeigt. Er sammelt Aufkleber. Warum weiß ich auch nicht. Ich habe **ein paar davon probiert.** Sie kleben zwar gut, schmecken aber nicht. Davon habe ich Hunger gekriegt. Aber es gab ja dann zum Glück Abendessen.

Wir haben zu viert an einem großen Tisch gesessen. Frau Löffel hat einen Teller vor mir auf den Tisch gestellt. Da habe ich einen Riesenschreck gekriegt. Auf dem Teller lagen **Karotten!**

Diese fiesen **Biester!** Die Menschen wissen wohl nicht, dass Karotten beißen. Mich hat mal eine in die Nase gebissen. Das hat sehr wehgetan!

Zum Glück stand eine Flasche Limonade auf dem Tisch. Damit habe ich auf die Karotten gehauen. So lange, bis sie sich **nicht mehr bewegt** haben.

„Los, jetzt du!", habe ich zu Lars gesagt und ihm die Flasche gegeben.
Aber Herr Löffel hat ihm die Flasche abgenommen. Und Frau Löffel hat mich sehr komisch angeguckt.

„Machst du das zu Hause auch?", hat sie mich gefragt.

„Nein", habe ich gesagt. „Zu Hause haben wir dafür einen **Karottenhammer.** Das geht viel schneller."

Da hat Lars gelacht. Seine Eltern nicht. Und ich habe die Karotten gegessen. Wenn sie nicht mehr beißen können, schmecken sie **sehr lecker.**

Zum Nachtisch gab es etwas, das hieß Wackelpudding. Das sah genauso aus wie Gudrun, unser **Glibber-Hamster.** Nur ohne Augen und Stoßzähne.

Ungeheuer-ärgere-dich-nicht

Nach dem Essen haben wir ein Spiel mit dem lustigen Namen „Mensch-ärgere-dich-nicht" gespielt. Ich kannte das Spiel nicht. Es war aber **ganz einfach.**

Da muss man nur würfeln und kleine Holzfiguren nach vorne schieben. Das hat voll Spaß gemacht. Bis Herr Löffel eine meiner Figuren mit einer seiner Figuren **weggeschubst** hat.
Obwohl meine zuerst da gestanden hat. Und dann sollte ich auch noch wieder von vorne anfangen.

Das war so was von **unfair!** Und deswegen habe ich mich ganz schön geärgert, das durfte ich auch. Das war nicht gegen die Regeln. Das Spiel hieß ja nicht „Ungeheuer-ärgere-dich-nicht".

Also habe ich mir alle vier Figuren von Herrn Löffel geschnappt und sie **runtergeschluckt.** Und den Würfel gleich hinterher. Dann war das Spiel zu Ende. Ob ich gewonnen habe, weiß ich bis heute nicht.

Danach sind wir zum Fernsehschauen ins Wohnzimmer gegangen. Das **Sofa** von Lars Eltern war leider ganz kalt und ungemütlich. Wenn wir zu Hause fernsehen, sitzen wir immer auf Opa Oger. Das ist schön weich und kuschelig warm.

Wir haben einen Film über Pinguine gesehen. Die sahen alle gleich aus. Nicht wie bei uns. Unsere **Pinguine** sind gelb oder rot oder blau oder grün. Und sie können fliegen statt schwimmen.

Der Film war trotzdem lustig. Lars und ich haben ihn hinterher nachgespielt. Bis ich mich zu fest **auf das Ei** gesetzt habe.

Das fand Frau Löffel nicht so toll. Dabei waren da noch ganz viele Eier im Kühlschrank. Und dann mussten wir ins Bett.

Ein super Plan!

Normalerweise schlafe ich ja nicht in einem Bett, sondern ich hänge mich immer mit den Füßen an meiner **Schlafstange** auf. Aber das konnte ich bei Lars natürlich nicht machen.

Sonst hätte er gesehen, dass ich ein Ungeheuer bin. Also musste ich in seinem Bett schlafen.

„Du kannst aber nicht mit den Schuhen ins Bett", hat Lars gesagt. „Du musst sie **ausziehen.** Sonst schimpft meine Mama."

Auweia!, habe ich da gedacht. Jetzt kommt doch noch raus, dass ich ein Ungeheuer bin. Aber dann hatte ich zum Glück wieder eine **Idee.**

„Klar ziehe ich meine Schuhe aus", habe ich gesagt. „Was hast du denn gedacht? Ich muss nur noch **kurz ins Bad.**"

Dann bin ich schnell ins Bad gehuscht, um meine Füße mit Klopapier einzuwickeln. Und dann wollte ich zu Lars sagen, dass ich ganz schlimm ansteckenden **Fußpilz** habe. Und dass der Doktor deswegen meine Füße eingewickelt hat.

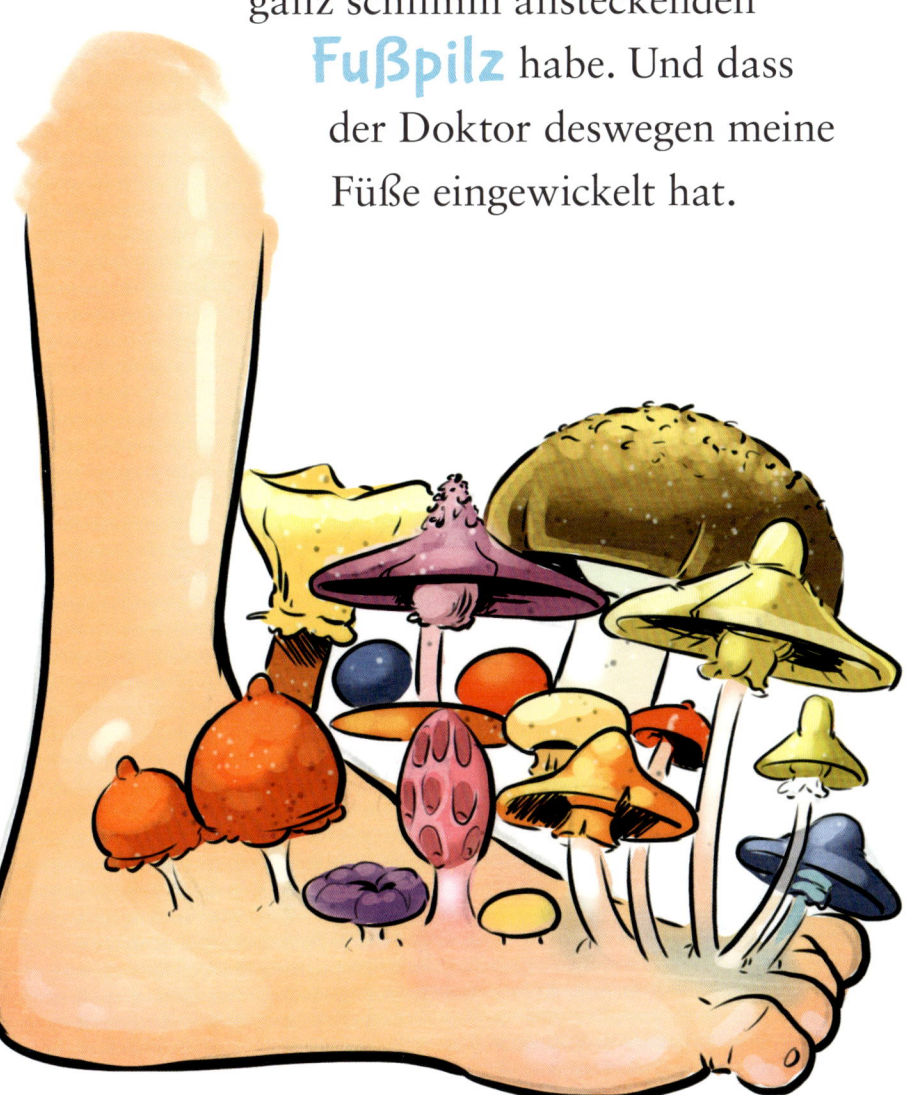

Ein super Plan! Aber gerade als ich mit dem Einwickeln anfangen wollte, kam Lars ins Badezimmer. Und er hat meine Füße gesehen. Und ganz große Augen gekriegt.

„Warte!", hat er gesagt und ist aus dem Bad gerannt.

Auweia!, habe ich schon wieder gedacht. Er erzählt seinen Eltern, dass ich ein Ungeheuer bin. Und dann kommen sie und überfahren mich mit einem Bus …

Lars kam zurück und hat mich angegrinst. Und dann hat er auf seine Füße gezeigt. Die sahen plötzlich fast genauso aus wie meine. „Cool, oder?", hat Lars gesagt. „Wir haben dieselben **Hausschuhe!** Das bedeutet, wir sind noch dickere Freunde!"

Oh, Mann. Hausschuhe, die wie Ungeheuerfüße aussehen. Diese Menschen sind aber auch echt komisch!
„Ja!", habe ich gesagt. „Die dicksten Freunde der Welt!"
Und dann haben wir uns mit den Fäusten **auf den Kopf gehauen.**

Als wir im Bett lagen, kam Frau Löffel und hat uns eine Geschichte vorgelesen. Die war so **langweilig,** dass wir fast eingeschlafen sind. Sind wir aber nicht.

Wir sind noch ganz lang **heimlich wach** geblieben. Das machen dickste Freunde nämlich. Egal ob Mensch oder Ungeheuer. Und nächste Woche übernachte ich wieder bei Lars. Da freue ich mich jetzt schon drauf. Dann nehme ich aber meinen Karottenhammer mit!

Jochen Till wurde 1966 in der Menschenwelt geboren. Sein erster Kontakt zur Familie Ungeheuerlich fand im Juni 1988 statt, als er Papa Ungeheuerlich vor einem anbrausenden Bus rettete. Seitdem verbringt der Autor jeden Sonntag bei den Ungeheuerlichs, verputzt eine halbe Rotzschleimtorte und lässt sich dabei ungeheuerlich witzige Geschichten erzählen, die er jetzt aufgeschrieben hat.

Zapf, angeblich 1980 in Berlin geboren (in Wirklichkeit 835 Jahre alt), trieb sich schon als Kind gerne auf Flohmärkten, in Ruinen und Abwasserkanälen herum. Schließlich zog er mit einem Zirkus durch die Welt. Dort lernte er Ungeheuer kennen, die ihm beibrachten, welche Buntstifte am besten schmecken. Seit sechs Jahren ist er wieder zurück und damit beschäftigt, das Erlebte in Bilder zu fassen.

Ravensburger Bücher

Rotzfrech und ungeheuer lustig!

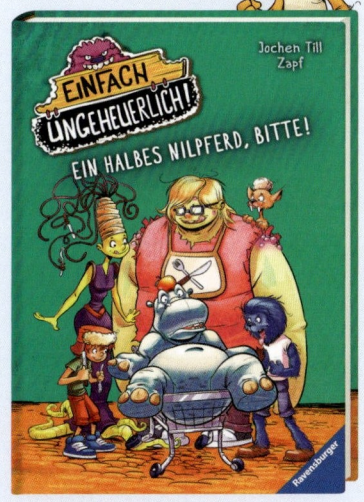

Jochen Till, Zapf

Rotzschleimtorte für alle!

Einfach ungeheuerlich!, Band 1

Freddie ist anders als der Rest seiner Familie. Er sieht nämlich aus wie ein Mensch. Dabei stammt er doch aus einer Ungeheuerfamilie! Als die Familie umzieht, kommt Freddie auf eine Schule mit lauter Menschenkindern. Ob das mal gut geht?

ISBN 978-3-473-**36439**-8

Jochen Till, Zapf

Ein halbes Nilpferd, bitte!

Einfach ungeheuerlich!, Band 2

Als Freddie aus dem Supermarkt nur Müll nach Hause bringt, platzt Mama Ungeheuerlich der Kragen: Beim nächsten Einkauf will sie Freddie begleiten und auch Schwester Herbert soll mit. Doch die Tarnung der Ungeheuer fliegt an der Kasse auf ...

ISBN 978-3-473-**36470**-1

www.ravensburger.de